ENCONTRANDO TEDDY

ENQUANTO BRINCAVA COM OS AMIGOS, PEPPA SE DISTRAIU E NÃO SE LEMBRA ONDE DEIXOU A TEDDY, SUA URSINHA DE PELÚCIA. PINTE APENAS OS QUADRADINHOS COM A LETRA **P** PARA DESCOBRIR QUAL CAMINHO LEVARÁ PEPPA ATÉ A TEDDY.

P	P	P	P	P	C	P	P	P	T
R	M	H	Q	P	M	P	B	P	M
I	I	U	I	P	V	P	C	P	I
C	R	B	K	P	P	P	R	P	P
P	P	P	J	O	A	X	E	F	P
P	E	P	Y	P	P	P	P	P	P
P	O	P	P	P	A	M	R	W	M
P	J	I	G	L	B	P	P	P	I
P	B	V	P	P	P	P	C	P	B
P	P	P	P	F	I	F	E	P	P

RESPOSTA NA PÁGINA 29.

QUAL É A SOMBRA?

GEORGE É O IRMÃOZINHO DA PEPPA, ELE ADORA BRINCAR COM A IRMÃ. OBSERVE A IMAGEM ABAIXO E CIRCULE A SOMBRA QUE CORRESPONDE À IMAGEM EM DESTAQUE.

RESPOSTA: 1.

HORA DE COLORIR!

CAÇANDO PALAVRAS

OS MEMBROS DA FAMÍLIA PIG SÃO MUITO UNIDOS! JUNTOS, ELES PASSAM GRANDES MOMENTOS. OBSERVE O QUADRO ABAIXO E ENCONTRE O NOME DE TODOS OS INTEGRANTES DESSA FAMÍLIA.

> MAMÃE PIG – PAPAI PIG – GEORGE
> PEPPA – VOVÔ PIG – VOVÓ PIG

FAMÍLIA

Q	V	O	V	Ô	P	I	G	W	P
E	R	T	Y	U	I	O	P	S	A
A	D	M	F	G	H	J	K	L	P
V	Z	A	X	C	P	E	P	P	A
O	V	M	B	G	N	Y	A	G	I
V	P	Ã	K	E	L	M	J	U	P
Ó	Y	E	F	O	R	T	G	V	I
P	D	P	V	R	A	Q	E	R	G
I	A	I	S	G	D	F	G	H	J
G	R	G	T	E	Y	U	I	O	P

RESPOSTA NA PÁGINA 29.

APRENDENDO A DESENHAR

PEPPA É UMA GAROTINHA MUITO ANIMADA E CURIOSA. OBSERVE A IMAGEM E, USANDO O QUADRO, DESENHE O ROSTO DELA.

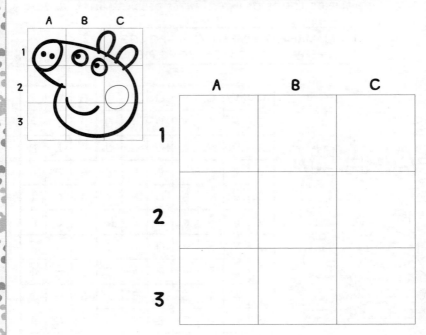

HORA DE COLORIR!

TEM ALGUMAS COISAS DIFERENTES AQUI!

QUANDO O FRIO CHEGA, A FAMÍLIA PIG COLOCA ROUPAS BEM QUENTINHAS PARA BRINCAR NO GELO. MAS PARECE QUE ALGUMAS COISAS NA IMAGEM 1 ESTÃO DIFERENTES DA IMAGEM 2. OBSERVE ATENTAMENTE E ENCONTRE SETE DIFERENÇAS!

RESPOSTA NA PÁGINA 29.

DE QUEM SÃO ESTAS SOMBRAS?

PEPPA PIG TEM GRANDES AMIGOS. DEPOIS DA AULA, ELES ADORAM IR PARA O PARQUINHO BRINCAR. OBSERVE AS SOMBRAS A SEGUIR E LIGUE-AS AOS SEUS DONOS.

RESPOSTA: A - 4; B - 1; C - 2; D - 3.

CRUZADINHA

VOCÊ JÁ SABE ESCREVER MUITAS PALAVRAS?
ENTÃO, OBSERVE CADA IMAGEM ABAIXO E ESCREVA
OS NOMES DOS ITENS NOS QUADRINHOS INDICADOS.

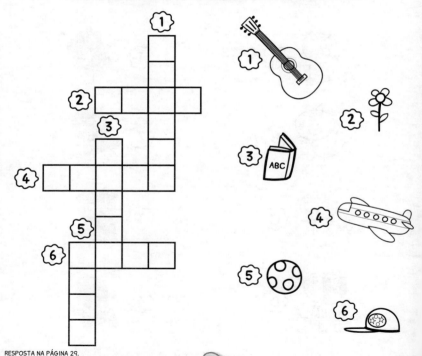

RESPOSTA NA PÁGINA 29.

HORA DE COLORIR!

QUAL O CAMINHO?

O BRINQUEDO FAVORITO DO GEORGE É O DINOSSAURO. SEMPRE QUE CHEGA A HORA DE DORMIR, O IRMÃO DE PEPPA LEVA O BRINQUEDO PARA A CAMA. QUAL DOS CAMINHOS ABAIXO GEORGE PRECISA PERCORRER PARA PEGAR O DINOSSAURO?

RESPOSTA: C.

APRENDENDO A DESENHAR

O PAPAI PIG ADORA VER O JORNAL E LER UMA BOA HISTÓRIA PARA PEPPA E GEORGE ANTES DE DORMIR. OBSERVE A IMAGEM E, USANDO O QUADRO, DESENHE O ROSTO DO PAPAI PIG.

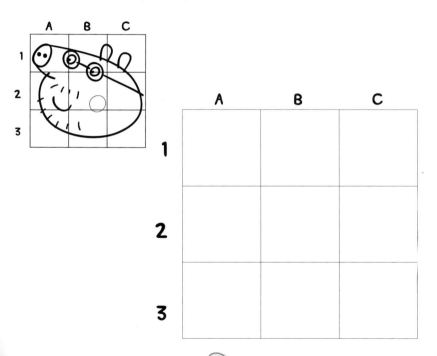

HORA DE COLORIR!

LIGUE OS PONTOS

ESSA GAROTINHA ADORA FAZER BARULHO E TEM UMA TROMBA BEM LONGA. LIGUE OS PONTOS PARA DESCOBRIR QUEM É.

UM PASSEIO DE PATINETE

A FAMÍLIA PIG FOI ANDAR DE PATINETE NO PARQUE. DESCUBRA QUAL CAMINHO LEVA AS CRIANÇAS ATÉ PAPAI E MAMÃE PIG.

RESPOSTA NA PÁGINA 30.

A PARTE QUE FALTAVA

A FAMÍLIA PIG ADORA BRINCAR NA LAMA. OBSERVE AS IMAGENS E DESCUBRA QUAL É A PARTE QUE ESTÁ FALTANDO.

RESPOSTA: B.

A PARTE QUE FALTAVA

PEPPA E GEORGE ESTÃO PRONTOS PARA DORMIR. OBSERVE AS IMAGENS E DESCUBRA QUAL É A PARTE QUE ESTÁ FALTANDO.

RESPOSTA: D.

HORA DE COLORIR!

LIGUE OS PONTOS

O VOVÔ E A VOVÓ PIG TÊM UM ANIMALZINHO MUITO ESPECIAL. QUANDO ELES VIAJAM, PEDEM PARA QUE PEPPA E GEORGE CUIDEM DO BICHINHO. LIGUE OS PONTOS PARA COMPLETAR AS PENAS DA AVE.

QUAL É A SOMBRA?

SUZY OVELHA É AMIGA INSEPARÁVEL DE PEPPA. ELAS ESTÃO JUNTAS EM VÁRIAS SITUAÇÕES. OBSERVE AS SOMBRAS ABAIXO E ENCONTRE A ÚNICA QUE CORRESPONDE À AMIGA DA PEPPA.

RESPOSTA: 4.

HORA DE COLORIR!

CAÇANDO PALAVRAS

A TURMINHA DE AMIGOS DA PEPPA É MUITO LEGAL.
OBSERVE O NOME DE ALGUNS DELES
E ENCONTRE-OS NO QUADRO ABAIXO.

| SUZY OVELHA – ZOE ZEBRA – DANNY CÃO |
| REBECCA COELHO – CANDY GATO |

S	V	O	V	N	P	I	U	W	R	S	V	O	V	A	P	M	G	W	R
U	R	T	Ã	O	I	O	P	S	E	U	R	T	Y	U	I	O	P	S	E
Z	O	E	Z	E	B	R	A	L	B	Z	O	E	G	E	B	E	A	L	B
Y	Z	A	X	C	P	E	P	P	E	Y	Z	A	X	C	P	E	P	P	E
O	V	M	B	G	N	Y	A	G	N	O	D	A	N	N	Y	C	Ã	O	N
V	P	Ã	K	E	L	M	J	U	M	V	P	Ã	K	E	L	M	J	U	M
E	C	R	E	B	E	C	C	A	C	O	E	L	H	O	R	T	G	V	I
L	D	P	V	R	A	Q	E	R	G	L	D	P	V	R	A	Q	E	R	G
H	C	A	N	D	Y	G	A	T	O	H	C	A	N	Ã	Y	C	O	T	J
A	R	G	T	E	Y	U	I	O	P	A	R	G	T	E	Y	U	I	O	P

RESPOSTA NA PÁGINA 30.

MELHOR AMIGA

A PEPPA TEM VÁRIOS AMIGOS, MAS SÓ UMA MELHOR AMIGA. PINTE OS ESPAÇOS DE ACORDO COM A LEGENDA E DESCUBRA DE QUEM ESTAMOS FALANDO.

☆ = BRANCO ⬡ = ROSA-ESCURO ☐ = AZUL ◯ = ROSA-CLARO

QUAL É A SOMBRA?

CHEGOU A HORA DE ESCOVAR OS DENTES! PEPPA SABE QUE DEPOIS DAS REFEIÇÕES E ANTES DE DORMIR É PRECISO ESCOVAR DIREITINHO TODOS OS DENTES. OBSERVE A CENA ABAIXO E CIRCULE A SOMBRA CORRETA.

RESPOSTA: B.

TEM ALGUMAS COISAS DIFERENTES AQUI!

VOVÔ E VOVÓ PIG ESTÃO LENDO UMA HISTÓRIA PARA PEPPA E GEORGE. MAS PARECE QUE ALGUMAS COISAS NA IMAGEM 2 ESTÃO DIFERENTES DA IMAGEM 1. OBSERVE ATENTAMENTE E ENCONTRE SETE DIFERENÇAS!

RESPOSTA NA PÁGINA 30.

HORA DE COLORIR!

RESPOSTAS

PÁGINA 2

P	P	P	P	P	C	P	P	P	T
R	M	H	Q	P	M	P	B	P	M
I	I	U	I	P	V	P	C	P	I
C	R	B	K	P	P	P	R	P	P
P	P	P	J	O	A	X	E	F	P
P	E	P	Y	P	P	P	P	P	P
P	O	P	P	P	A	M	R	W	M
P	J	I	G	L	B	P	P	P	I
P	B	V	P	P	P	P	C	P	B
P	P	P	P	F	I	F	E	P	P

PÁGINA 5

Q	V	O	V	Ô	P	I	G	W	P
E	R	T	Y	U	I	O	P	S	A
A	D	M	F	G	H	J	K	L	P
V	Z	A	X	C	P	E	P	P	A
O	V	M	B	G	N	Y	A	G	I
V	P	Ã	K	E	L	M	J	U	P
Ó	Y	E	F	O	R	T	G	V	I
P	D	P	V	R	A	Q	E	R	G
I	A	I	S	G	D	F	G	H	J
G	R	G	T	E	Y	U	I	O	P

PÁGINA 8

PÁGINA 10

29

RESPOSTAS

PÁGINA 24

S	V	O	V	N	P	I	U	W	R	S	V	O	V	A	P	M	G	W	R
U	R	T	Ã	O	I	O	P	S	E	U	R	T	Y	U	I	O	P	S	E
Z	O	E	Z	E	B	R	A	L	B	Z	O	E	G	E	B	E	A	L	B
Y	Z	A	X	C	P	E	P	P	E	Y	Z	A	X	C	P	E	P	P	E
O	V	M	B	G	N	Y	A	G	N	O	D	A	N	N	Y	C	Ã	O	N
V	P	Ã	K	E	L	M	J	U	M	V	P	Ã	K	E	L	M	J	U	M
E	C	R	E	B	E	C	C	A	C	O	E	L	H	O	R	T	G	V	I
L	D	P	V	R	A	Q	E	R	G	L	D	P	V	R	A	Q	E	R	G
H	C	A	N	D	Y	G	A	T	O	H	C	A	N	Ã	Y	C	O	T	J
A	R	G	T	E	Y	U	I	O	P	A	R	G	T	E	Y	U	I	O	P

PÁGINA 16

PÁGINA 27